Ilse Blomberg

„Tschüss, gnädige Frau!"

Alltagsgeschichten

Ilse Blomberg
„Tschüss, gnädige Frau!"

Alle Rechte liegen bei der Autorin

Titelfoto:
Kristina Blomberg

Ahlen, Mai 2001
Books on Demand GmbH
ISBN 3-8311-2137-0

Inhaltsverzeichnis

Liebe Leserin, lieber Leser!

Begegnen Sie mit mir
Menschen aus meiner
westfälischen Heimat!

Ihre Ilse Blomberg

1. Geschichte

Zwischen uns gab es immer eine schöne Harmonie oder
Mein Schulweg im Jahre 1923
Frau Josefa Fröchte (Bäuerin) erzählt.

*I*ch bin im Jahre 1917 geboren. Wir waren 9 Geschwister.

Meine älteste Schwester ist 1911 geboren, mein jüngster Bruder 1919. Es hat eine Zeit gegeben, da gingen 8 von uns gemeinsam zur Schule. Wir standen um 6 Uhr auf. Vor der Schule war täglich die Heilige Messe. Um 8.00 Uhr fing die Schule an. Das hieß, früh heraus aus dem Haus. Im Sommer war es ja hell, aber im Winter war es dunkel, doch Angst kannte ich nicht. Wir waren ja immer viele Kinder. Zu uns 8 Geschwistern kamen noch Kinder von den anderen Höfen dazu. Ich stamme vom Hof Eiling in Enniger, Richtung Beckum. Unser Hof war der erste, bzw. der letzte Hof auf meinem Schulweg. Mein Schulweg führte an dem heutigen Hof Friggemann vorbei. In den Feldern lag der Angelbach. Die Bauern hatten eine Holzbrücke über die Angel gebaut. Die überschritten wir und gingen dann quer durch die Felder auf die Kirche zu. Hier war unsere Schule an der Kirche. Es war eine Einraumschule für 4 Jahrgänge. Ich hatte 7 Jahre lang nur eine Lehrerin. Die Klassen 1 – 4 waren Jungen und Mädchen gemischt, aber dann ab Klasse 5 gab es nur Jungen- und Mädchenklassen. Die Jungen

8

hatten auch ein eigenes Gebäude. An meine Lehrerin erinnere ich mich gern. Sie war gut und freundlich. Sie ging oft mit uns ins Freie. Im Sommer machten wir jeden Monat einen Ausflug. Wir gingen z. B. über Sommersell, bei Schulze-Brüning vorbei bis zur Waldmutter. Im Wald frühstückten wir. Das war schön. Aber das, woran ich mich am deutlichsten und auch am liebsten erinnere, ist mein Schulweg. Heute würde man ihn als beschwerlich bezeichnen, aber das empfand ich damals nicht so. Höchstens schon mal im kalten Winter, wenn ich auf dem Wagen fror. Ja, im Winter fuhren wir mit dem Federwagen zur Schule. Der hatte Eisenräder. Bei Schnee fuhren wir mit dem Pferdeschlitten. Im Sommer gingen wir zu Fuß.

Ich erzähle mal, wie wir im Winter zur Schule fuhren. Der älteste Bruder spannte den Moritz an. Der älteste Bruder lenkte auch den Wagen. Wir stiegen ein und los ging es. Wir waren warm angezogen. In den Holzschuhen steckten unsere Füße. Wir trugen gestrickte Strümpfe aus schwarzer Wolle. Die Strümpfe strickte für uns eine Frau aus dem Dorf. Sie betrieb einen Krämerladen und strickte. Als Entgelt bekam sie von unserer Mutter Naturalien, Butter, Eier, Speck. Also, wir saßen alle auf dem Wagen und unterwegs hielt mein Bruder ein paarmal an, denn es stiegen noch andere Kinder dazu, deren Höfe an unserem Schulweg lagen.
Dann saßen wir manchmal mit 15 Kindern im Wagen. Jede Seite des Wagens hatte eine Bank. Wir saßen auf den Bänken oder in der Mitte des Wagens.

An eine kleine Begebenheit auf dem Schulweg erinnere ich mich jetzt. Die Lisbeth war die Tochter einer Nachbarfamilie. Ihre Mutter war recht eigen und so wollte sie einmal nicht, dass die Lisbeth mit uns zur Schule fuhr. Aber Lisbeth wollte mit uns fahren und lief ihrer Mutter davon. Die Mutter lief hinter ihr her und rief: „Lisbeth, bleib stehen!" Doch Lisbeth sprang auf unseren Wagen und guckte sich nicht um.

Wenn wir in Enniger ankamen, hielt mein Bruder den Moritz bei der Wirtschaft Austermann. Hier blieb das Pferd stehen und wir stiegen alle aus. Außer unseren Schulsachen hatten wir noch einen großen Korb mit Butterbroten dabei. Die Brote lagen uneingepackt lose in dem Korb. Unten in dem Korb war Pergamentpapier und über die Brote hatte unsere Mutter ein Tuch gelegt. Den Korb ließen wir bei Frau Broecker stehen. Frau Broecker war Hebamme im Dorf und unsere gute Bekann-te. In der Zehn-Uhrs-Pause holten wir unsere Brote und früh-stückten.
In der Zehn-Uhrs-Pause ging unser Bruder auch zu unserem Pferd und fütterte es.

Als ich noch im 1. und 2. Schuljahr war, musste ich oft auf die älteren Geschwister warten, die ja länger Unterricht hatten als ich. Ich wartete dann immer bei Frau Broecker, bis wir alle nach Hause fahren konnten. Schön waren auch die Fahrten zur Schule mit dem Pferdeschlitten bei Schnee. Nur hier hatte ich schon manchmal Angst, wenn die Pfannie, das war unser

10

Pony, den Schlitten so zum Graben hinzog, aber passiert ist nichts.

Im Sommer gingen wir die 5 Kilometer zu Fuß. Wir hatten im Sommer keine Holzschuhe an, sondern feste Lederschuhe.

Auch im Sommer hatten wir lange gestrickte Strümpfe an. Bei Hitze trugen wir gar keine Strümpfe, dann hatten wir die Lederschuhe an unseren bloßen Füßen. Wenn es warm war, machten wir immer an der Angel Rast. Hier zogen wir unsere Schuhe aus und badeten unsere Füße in dem Bach. Ach, war das eine Freude.

Ja ich erinnere mich gerne an die Schule und an meinen Schulweg. Ich erinnere mich gerne an alle meine Geschwister, die mit mir gingen und an die Kinder von den anderen Höfen. Zwischen uns gab es immer eine schöne Harmonie.

2. Geschichte

Geschichte einer mobilen Einkaufsstation oder „Unser Milchwagen".

Heitkötter's Hofladen steht auf einem großen Schild an der Walstedder Straße.

Es lädt zum Einkaufen auf dem Bauernhof ein. Der Hof liegt weitab der Hauptverkehrsstraße inmitten von Äckern und Feldern. Den schmalen Wirtschaftsweg dorthin säumen Birken und kleine Sträucher. Die Einfahrt zum Hof schmücken Blumenbeete und Blumenkübel.

Ein Teil der Hofanlage ist der „Hofladen Heitkötter", für mich einfach „Heitkötter's Hoflädchen".

Die zweiflügelige Tür mit den quadratischen Scheiben zwischen weißen Holzrahmen fällt auf, lädt ein. Hier ist der Eingang zum Lädchen. Ich trete ein. Schau mich um. Die Regale sind voll von Gläsern mit Marmelade, Gelee, Gemüse, Obst, Wurst und Schmalz. Auf einem Regal stehen Flaschen mit Eierlikör. In der Theke liegen Würste, Mettwürste, Schinken, Möppkenbrot. Im angrenzenden Kühlraum gibt es Fleisch und Bratwurst.

Aber auch Kuchen und Torten können gekauft und probiert werden, ebenso das Brot Vollkornbrot, Schwarzbrot, Mengkornbrot. Die Eier auf den Paletten liefern freilaufende Hühner.

12

Und dann sind da noch die saisonbedingten Angebote. Spargel im Mai, Juni, Erdbeeren im Juli. Außerdem noch Bohnen, Tomaten, Möhren, Kohlrabi, Kartoffeln. Und im Dezember duftet das Spritzgebäck durch den kleinen Laden.

Es ist alles vom Feinsten und Frischesten. Und in den Gesichtern der beiden Hof- und Hofladenbesitzer, der Heitkötter's, spiegelt sich die Feinheit und Frische ihrer Produkte wieder.

Er, Ewald Heitkötter, rosige Gesichtsfarbe, freundliche Augen, lächelnd, Ruhe verbreitend.

Sie, Maria Heitkötter, hübsches Gesicht, lebhafte Augen, gertenschlank, immer ein wenig in Eile, strahlend.

Wenn ich die vertrauten Gesichter sehe, überfällt mich manchmal ein Anflug von Traurigkeit .

Heitkötter's Hofladen war für mich einige Jahre lang eine rollende Einkaufsstation. Kurz genannt „Heitkötter's Milchwagen" oder „Unser Milchwagen".

Und damals wie heute wurde für Frische und Qualität gebürgt. Aber damals - da war das nicht das Einzige, nicht das Wesentliche, die gute Qualität, die Frische der Saisonfrüchte! Nein, Heitkötter's Milchwagen, das war mehr.

So zwischen 12 und 13 Uhr fuhr der Milchwagen unseren Bezirk an. Meine Station war Spilbrinkstraße / Ecke Stadtkamp. Die schrille Klingel schellte unüberhörbar und verfehlte ihre Absicht nie.

Aus den Ein- und Zweifamilienhäusern trat einer nach dem anderen an den Milchwagen heran. An unserer Station waren wir meistens 5 Personen.

Da war Frau Werner. Sie hatte viel Zeit und stand oft schon vor dem Eintreffen des Wagens vor ihrem Haus. Sie kaufte meistens 1 Brötchen, etwas Kuchen für den Nachmittag, Marmelade und Obst. Wenn ihre Schwester zu Besuch war, verdoppelte sich die Menge der Brötchen und des Kuchens. Frau Werner litt unter Kreislaufbeschwerden. Deshalb half ihr irgendjemand immer die zwei Stufen zum Milchwagen hinauf. Im Inneren des Wagens fasste sie sich gern an die Stirn, worauf Ewald Heitkötter oft fragte: „Wie geht es denn heute?" Und es ging dann immer irgendwie, aber meistens nicht gut. Einmal war sie mitten in der Stadt vom Fahrrad gefallen und für einen Tag ins Krankenhaus gekommen. Davon hatten wir anderen nichts gewusst und es tat uns sehr leid.

Aber von ihren Fahrten per Taxi oder Bahn - natürlich 1. Klasse - wussten wir. „Man muss sich im Leben etwas gönnen", begründete sie ihre luxuriösen Ausflüge.

Ihren 80. Geburtstag feierten wir nicht gerade im Milchwagen, aber gratuliert haben wir ihr dort herzlich. Ein paar Tage später lud sie uns zu Kaffee und Kuchen ein. Frau Werner teilte uns mit, wann sie zu verreisen beabsichtigte oder sich ins Krankenhaus zu legen wünschte. So brauchten wir uns für die Zeit ihrer Abwesenheit keine Sorgen um sie zu machen.

Frau Ranke kaufte meistens Milch, Sahne und Joghurt. Vor allem Joghurt natur in großen Mengen. Sie spielte regelmäßig Tennis und erschien schon 'mal im Tennisdress am Milchwagen.

Dann war da noch Frau Ahrendt. Sie kaufte auch fleißig ein. Sie war sehr lieb und hatte über alle Menschen nur Gutes zu berichten. Leider konnte sie später so schlecht laufen, sodass sie den kurzen Weg zu unserem Milchwagen nicht mehr bewältigen konnte. Ihr Mann kaufte nun ein. Er hörte schwer und die Gespräche mit ihm waren recht schleppend. Doch hielt er uns über den Gesundheitszustand seiner Frau auf dem Laufenden. Natürlich besuchten wir die Fußkranke.

Eigentlich waren wir vier schon der Kern der Milchwagengemeinschaft. Ab und zu stieß noch Frau Nordhoff dazu. Da sie aber selbst Gemüse zog, war sie nicht so sehr auf unseren Bio-Wagen angewiesen wie wir anderen.

Natürlich waren nicht ständig alle anwesend, wenn der Milchwagen zum Einkaufen einlud. Und die Gesprächsthemen richteten sich nach Inhalt und Länge je nach den anwesenden Personen und der Zeit, die sie mitbrachten.

Frau Werner hielt uns über Krankheiten auf dem Laufenden, besonders über ihre eigenen Krankheiten. Sie vermittelte uns auch wichtige Erkenntnisse.

Da war einmal die Erkenntnis:

Der Mensch muss sich im Leben etwas gönnen. Das ist er sich selbst schuldig.

Und: Der Mensch muss für den Notfall vorgesorgt haben, sonst ist er am Ende der Dumme, der Abhängige. So wunderte es mich auch nicht, dass Ewald Heitkötter ihr einmal 50 Haushaltskerzen mitbringen musste.

Frau Ahrendt, nur einige Jahre jünger als Frau Werner, redete nur gut über Menschen. Das war Teil ihrer Erfahrung.
Ewald Heitkötter hat nie ein Gespräch unterbrochen. Ich erinnere mich auch nicht daran, dass er uns gedrängt hat, ein Gespräch zu beenden. Er war selbst ein interessierter Zuhörer und guter Gesprächspartner.

Gekauft wurde auch. Sehr viel sogar. Wir fragten nicht, was kostet dieses oder jenes. Wir waren uns einig darin, dass diese besondere Art des Einkaufens ihren Preis hatte.

Eines Tages war Schluss mit allem. Die mobile Einkaufsstation, der rollende Milchwagen wurde stillgelegt. Aus für die schrille Klingel.
Jetzt lud ein großes Schild an der Walstedder Straße zum Einkaufen auf dem Bauernhof ein. Ich ließ mich einladen.
Am Anfang stand der Milchwagen, „unser Milchwagen", noch auf dem Hofgelände.
Richtig schäbig sah er aus,
so unbeladen,
so unbewegt,
so unbelebt.

16

3. Geschichte

Romano Gamba

*S*chon sein Vorname klingt wie Musik. Und mit diesem italienischen Namen kam 1953 Musik in unsere Stadt. Nicht, dass Romano Gamba gesungen oder ein Instrument gespielt hätte. Das nicht. Aber er brachte in unsere westfälische Enge etwas, das ganz in die Nähe einer schönen Melodie kam. Mitten in der Stadt auf der Oststraße eröffnete er zusammen mit seinem Bruder Flavio ein Eiscafé. Wohlgemerkt – ein italienisches Eiscafé.

Gerüche von Cappuccino und Espresso betörte die Ahlener Jugend. Das Geräusch der Espressomaschine klang nach großer Welt. Es gab italienische Musik in der Musikbox und dann das Eis. Dieses Eis. Es zerging auf der Zunge und nur das italienische Wort für Eis „Gelato" konnte das ausdrücken, was wir empfanden, wenn diese Köstlichkeit auf unserer Zunge schmolz.

Wer waren wir?
Schüler der verschiedenen Ahlener Schulen, junge Berufstätige. Wir waren Mitglieder in Vereinen und Chören. Am Sonntag konnte man uns in der Kirche finden und anschließend im Stenounterricht bei Herrn Tschierswitz.

Manche von uns schafften am Sonntagmorgen auch noch die Chorprobe bei Dietmar Hahn. Wir spielten uns zu Weihnachten als Maria, Josef, Hirte, Engel Nachtwächter oder Chronist die Seele aus dem Leib und freuten uns, wenn unser Verein 'mal einen Ausflug zur Möhne machte.

Und alle lebten wir zu Hause, wo sonst?

Aber geträumt haben wir schon vom eigenen Leben, von mehr Freiheit. Und hier in der italienischen Eisdiele „Gamba" war so ein Stück Freiheit. Treffpunkt „Gamba". Wir trafen uns regelmäßig mit unseren Freundinnen, Mitschülerinnen und Mitschülern auf ein Eis. Ja, auf 1 Eis. Mehr konnten sich viele von uns gar nicht leisten. Und sicher wussten das die Brüder Gamba. Denn, selbst wenn wir den ganzen Nachmittag nur bei einem Eis saßen, weder Romano noch sein Bruder Flavio forderte uns auf, mehr zu bestellen.

So war es uns vergönnt, für nur 30 Pfennig eine Auszeit zu nehmen und im Ansatz das zu empfinden, was der Italiener mit „Dolce far niente" (das süße Nichtstun) bezeichnet. Keine Schulsorgen, keine Hausaufgaben, keine beruflichen und häuslichen Pflichten. Es war uns vergönnt, in wunderbarer Atmosphäre zu genießen, von italienischer Sonne zu träumen und von Romano.

Ganz Andante oder Andante con moto stand oder bewegte sich Romano Gamba hinter der gläsernen Theke. Immer freundlich und ruhig füllte er die Köstlichkeiten aus Eis gekonnt in Hörnchen, Becher oder Gläser. Ein Schokobecher, ein Gambabecher, ein Früchtebecher und andere Kreationen verwöhnten nicht nur den Gaumen.

Wenn wir Mädchen Romano dabei zusahen, saßen wir ganz westfälisch „piano" auf den zierlichen Stühlen, aber wenn er uns ansah, dann gingen unsere Gefühle in Richtung „forte". Mit Romano Gamba hatte der liebe Gott eine Lichtgestalt in unsere westfälische Provinz geschickt. Selbst aus Hamm kamen die Mädchen, um Romano anzusehen. Er war einfach schön.

Und als er dann eine von uns heiratete, eine aus Ahlen, da fragten wir uns : „Warum sie?"

Doch diese tiefe Erschütterung und die Erkenntnis, schöne Männer sollten allen gehören und nicht nur einer, hielt uns von weiteren Besuchen seines Eiscafés nicht ab.

Besonders gern gingen wir nach der Tanzstunde in die „Gamba". Unser Tanzlehrer, Herr Alfred Plathe, war ein unermüdlicher Tänzer, nahm seine Aufgabe sehr ernst und uns richtig „ran". Deshalb lechzten wir alle nach getaner Arbeit nach Abkühlung. So auch ich. Und so spazierte ich eines frühen abends zusammen mit meinem Abschlussballpartner, Eberhard Laube, in die Gamba auf einen Milchshake.

Wir unterhielten uns angeregt, schlürften unser Glas mit dem Strohhalm aus und verließen das Eiscafé. Erst auf dem Heimweg fiel uns ein, dass wir vergessen hatten zu bezahlen. Zurückgehen wollten wir aber nicht mehr. Dafür war es schon zu spät.

„Warum hatte Romano Gamba nichts gesagt? Warum hatte er uns nicht aufgehalten?", fragten wir uns.

Nein, ganz im Gegenteil. Er hatte uns freundlich ziehen lassen, ohne ein Wort zu sagen.

Am anderen Tag bezahlten wir den Betrag und entschuldigten uns. Ich fragte Herrn Gamba: „Warum haben Sie denn nichts gesagt und uns gehen lassen?" Er antwortete freundlich: „Ich weiß doch, dass Sie wieder kommen."

Nicht wenig später führte mich mein Weg aus Ahlen heraus. Ich dachte nicht, dass in Ahlen meine Zukunft liegt und ich je wiederkommen würde. Aber ich kam, wie viele Ahlener zurück in diese Stadt.

Jetzt waren wir Familienväter und Familienmütter und führten unsere Kinder ins Eiscafé, in die Gamba. Und oft war es so, dass wir unseren Kindern Arztbesuche oder Einkäufe in Bekleidungsgeschäften dadurch erträglich machten, dass wir ihnen versprachen: „Hinterher gehen wir in die Gamba, dann kannst du dir aussuchen, was du willst."

Als mich mein Sohn Hans Kristian im Alter von etwa 3 oder 4 Jahren vor einem Urlaub nach Dänemark fragte: „Mama, haben die da auch eine Gamba?", wusste ich, dass der Name Gamba für uns alle in Ahlen ob Groß oder Klein gleichzusetzen ist mit Eisköstlichkeiten in aller Welt.

Und nun nach fast 50 Jahren verschwindet ein vertrautes Gesicht aus dem Ahlener Stadtbild.

Romano Gamba kommt mit dem Frühling nicht mehr zurück in sein Café.

4. Geschichte

Ich schicke Ihnen gleich eine meiner Damen!

*M*an muss nicht gerade nach Münster fahren, um Stoff zu kaufen. Wir aber fuhren nach Münster, Carla und ich. Als wir bei Karstadt ankamen, war der Teufel los. Menschen wuselten hin und her, die Musik dröhnte und ein Stand mit Sektflaschen, Sektkübeln und Sektgläsern stand unübersehbar in der Eingangshalle bei der Rolltreppe. Ein Jubiläum wurde gefeiert, alle sollten mitfeiern und ein Gläschen Sekt, das Glas für 1,- DM sollte beim Feiern helfen.

Ich sagte: „Carla, ich gebe dir einen aus." „Nein, danke," antwortete Carla, „das ist mir noch zu früh." Da hatte sie recht, mir war es eigentlich auch noch zu früh, aber ich bin nicht so stur wie Carla und gebe dem Zufall schon mal eine Chance. Stur kann man auch mit zielgerichtet übersetzen. Und so steuerte Carla zielgerichtet auf die Stoffabteilung, Rolltreppe aufwärts, zu. Ich hinter ihr her. Für mich, der Nähuntüchtigen, taten sich schöne Welten auf. Da lagen Ballen um Ballen Stoff in allen möglichen Farben, Mustern, Qualitäten. Ein riesiges, sicher wohl geordnetes, für mich aber unübersichtliches Lager. Carla suchte sich mit sicherem Blick ihren Stoff aus. Es war ein rötlicher, weicher samtiger Stoff, recht lappig und schwer

22

zu schneiden. Der korrekte Name dieses Stoffes ist Chenille. „Aus dem Stoff will ich mir Kissen nähen. Ich brauche jeweils nur 40 x 40 cm, und das soll mir hier jemand exakt zuschneiden.", erklärte mir Carla. Wir schauten uns beide um, aber weit und breit war keine Verkäuferin und auch kein Verkäufer zu entdecken. „Sind wohl alle beim Feiern.", vermutete ich und wie auf Kommando ertönten aus dem etwas entfernten Teppichlager südamerikanische Rhythmen. Wir guckten uns etwas ratlos um, suchten immer noch mit den Augen diese und jene Ecke der Stoffabteilung ab und da schwebte er herein. Mittelgroß und zart gegliedert. Ein wahrer Meister Zwirn aus dem Märchenbuch. Seine Hüften schwenkten rechts und links aus. Er tänzelte an uns vorbei, uns keines Blickes würdigend, auf eine am Rande der Abteilung liegende Tür zu. Dass er hier der Chef war, war uns sofort klar und auch, dass er uns nicht bedienen würde. Aber helfen, helfen sollte er uns.

Wir eilten ein paar Schritte hinter ihm her und sprachen ihn an: „Ist es wohl möglich, dass uns hier jemand einen Stoff abschneidet, den wir uns ausgesucht haben?" Er drehte sich in einer ausladenden Bewegung zu uns um und äußerte sich überaus freundlich:

„Ja, natürlich, meine Damen. Aber einen Moment werden Sie sich noch gedulden müssen. Wir haben ein Jubiläum im Hause, dann fehlen uns noch Kräfte durch Urlaub und Krankheit. Aber ich schicke Ihnen gleich eine meiner Damen."

Aber ich schicke Ihnen gleich eine meiner Damen. Ja, er war hier der Chef und ab diesem Moment nicht mehr gesehen und auch keine seiner Damen. Statt dessen näherte sich uns ein schmucker Mann, so um die 40 Jahre herum, recht lässig daherschreitend. Auf den ersten Blick vermutete ich in ihm einen Medizinstudenten, der mal eben hier herumjobbt. Nur mit dem Alter kam das ja nicht so hin. Lächelnd, wenn auch ein wenig unsicher sagte er: „Ich soll Ihnen hier weiterhelfen, was kann ich für Sie tun?"

Carla antwortete ihm: „Ja, es wäre nett, wenn Sie uns hier den Stoff abschneiden würden."
„Wieviel Stoff benötigen Sie denn?", fragte er nach.
„Ja, ich hätte gern 2 x 40 x 40 cm zugeschnitten, geht das wohl?"
„Gut, dann wollen wir mal. Suchen wir mal eine Schere.", ging der schmucke Mann das Unternehmen an. Die Schere wurde schnell gefunden. Eine solche Schere hatte ich schon einmal gesehen. Nur nicht bei der Verwendung von Stoffen. Eine solche Schere lag bei uns in der Schule im Erste-Hilfe-Fach und soviel ich wusste, schnitt man damit Mullbinden ab.
Carla fand die Schere vollkommen in Ordnung, nur ich hatte so meine Zweifel. Wie, wenn es doch ein Medizinstudent war oder ein arbeitsloser Arzt, der besser mit Scheren aus dem medizinischen Bereich zurechtkam, als mit Scheren aus dem Bereich der Schneiderei. Der Mann, also der Verkäufer, hielt die Schere lange in seiner Hand, ging um den Stoff herum, machte

hier und da den Versuch, in den Stoff hineinzuschneiden, aber er schnitt nicht.

„Ich messe lieber noch einmal nach", zögerte er und maß nach. Danach schnitt er immer noch nicht. „Der Stoff ist etwas schwierig, etwas lappig, sehr weich", bemerkte er vollkommen richtig. „Ja, deshalb möchte ich den Stoff ja so gerne richtig abgeschnitten haben," lachte Carla ihn freundlich an.

Nun meinte ich dem Mann helfen zu müssen. Ich war fest davon überzeugt, dass die große Unsicherheit des Mannes nur an der falschen Schere lag. So wagte ich zu sagen: „Das ist nicht die richtige Schere, damit kann man nicht gut schneiden." Obwohl Carla es ja eigentlich hätte besser wissen müssen, hielt sie sich vornehm zurück. Der Verkäufer aber glaubte mir sofort, eilte davon und sagte: „Ich hole eine andere Schere." Er verschwand hinter der Tür, die zu dem Raum führte, in dem sich der Meister aller Stoffe, der Chef, noch befinden musste. Hier hielten sie sicher Rat, denn es dauerte lange bis wir unseren Verkäufer wiedersahen. In der rechten Hand hielt er eine neue Schere. Diese sah aber der ersten Schere nicht unähnlich. Genau betrachtet, konnte es auch dieselbe sein.

„Nun aber fröhlich ans Werk", meinte er, zückte die neue Schere, zielte auf die Markierung im Stoff und schnitt nicht. Er hob die Schere etwas unglücklich in die Luft und fragte Carla: „Wollen Sie den Stoff nicht selber abschneiden?" Da kannte er

Carla aber schlecht. Sie war ja nicht extra nach Münster gefahren, um sich den Stoff selber abzuschneiden. „Nein", sagte sie, „das kann ich nicht so gut, machen Sie das doch bitte." Für einen Moment hielt er auch mir die Schere entgegen, aber mein verständnisloser Blick ließ ihn die Hand wieder sinken. So standen wir drei immer noch unverrichteter Dinge um den Chenillestoff herum. Da blitzte es kurz in den braunen Augen des Stoffverkäufers und er teilte uns mit, wie er das Problem zu lösen gedachte. „Wissen Sie was, ich schneide Ihnen den Stoff so großzügig zu, dass Sie zu Hause bequem 2 x 40 x 40 cm daraus bekommen. Sie brauchen aber nur die von Ihnen gewünschten Maße zu bezahlen. Ist das in Ordnung?" Carla seufzte und stimmte zu: „Das nützt mir zwar wenig, aber von mir aus."

Jetzt schnitt der Verkäufer recht großzügig zu. Für mich sah alles sehr schräg aus, aber geschnitten war es. Er packte den Stoff in eine Tüte, schrieb Maß und Meterpreis auf einen Zettel und wies uns den Weg zur Kasse. Ein wenig blieben wir noch stehen und der Verkäufer auch.

Irgendwie fassten wir es nicht ganz, dass ein Verkäufer in einer Stoffabteilung eines renommierten Kaufhauses keinen Stoff abschneiden konnte. Und so konnte ich es mir nicht verkneifen zu sagen: „Nächsten Samstag kommen wir wieder, wir brauchen noch mehr Stoff." „Da bin ich in Urlaub!", reagierte er schnell. „Nun, dann kommen wir ein anderes Mal wieder",

26

stellte ich ihm in Aussicht. „Da werden Sie mich hier nicht finden", sagte er. Dieses ist nämlich nicht meine Abteilung. Ich bin aus der Nachbarabteilung, Betten, Matratzen, Lattenroste und alles, was dazugehört.

Ach so war das, das erklärte ja alles. Also kein jobbender Medizinstudent, kein arbeitsloser Arzt, kein Fachverkäufer in der Stoffabteilung, sondern eine Fachkraft für Betten und alles was dazu gehört.
Aber Betten, Betten brauchten Carla und ich nicht. Oder etwa doch?

5. Geschichte

Geldcard

$\mathscr{H}$eute ist der Umgang mit der Geldcard ganz gebräuchlich.

Aber mein Einstieg ins bargeldlose Geschäft mit der Geldcard war nicht ganz störungsfrei.

„Eine Geldcard", so klärte mich die nette Bankangestellte auf, „ist das ideale Zahlungsmittel für kleine Beträge. Denken Sie nur mal an den Bäcker. Da muss man sich morgens gar nicht ums Kleingeld kümmern, erspart sich und dem Bäcker Zeit." Das wars. Ja, morgens beim Bäcker. Wie oft wurde ich gerade morgens beim Bäcker nach Kleingeld gefragt. Und wie peinlich war es mir noch neulich, als ich mit einem Hundertmarkschein bezahlen musste und er erst in sein Büro laufen musste, um mir den Schein zu wechseln. Die Mitarbeiterin der Volksbank hatte vollkommen recht. Sie zeigte mir am Terminal wie ich den Chip auf meiner Eurocard aufladen kann. Ich lud 200,- DM auf. Glücklicherweise stand mein Bäcker auf der Liste der Geschäftsleute, bei denen ich mit meiner Geldcard bezahlen kann. Und so begann es.

Es war ein wunderschöner Montagmorgen in den Sommerferien. Ich freute mich auf frische Brötchen und fühlte meine

28

Geldcard in meiner Tasche. Ich kaufte frische Brötchen und zur Feier meines ersten Geldcardtages noch etwas Süßes. Die nette Bedienung tippte 6,80 DM ein.

„Ich bezahle mit der Geldcard", sagte ich. Die Verkäuferin sah mich leicht irritiert an, so als ob ich über kein Geld verfüge und antwortete: „Ja, das geht." Gut. Ich steckte meine Karte in die kleine Rechenmaschine, die auf 'betriebsbereit' stand. Es tat sich nichts. „Bitte, drücken Sie auf Bestätigung", riet sie mir. Ich drückte. Es tat sich nichts. Die kleine Maschine stand immer noch auf 'betriebsbereit'. Jetzt holte die Verkäuferin den Chef. Der Chef drückte eine Taste, ich musste meine Karte herausnehmen und wieder hineinstecken. Es klappte, die 6,80 DM wurden von meinem Geldcardvermögen abgezogen. Bevor ich den Laden verließ, belehrte mich die Verkäuferin mit ein wenig erhobenem Zeigefinger noch: „Beim nächsten Mal sagen Sie vorher Bescheid, dass Sie mit der Geldcard bezahlen wollen, bevor wir den Betrag in die Kasse eingegeben haben." Das wollte ich mir merken. Aber der ganze Aufwand war mir ein wenig unangenehm. Doch ich wollte Geduld haben und dachte: „Das müssen die erst noch lernen."

Die Gelegenheit zum Lernen gab ich meinem Bäcker schon am nächsten Morgen. Ich steckte außer der Geldcard kein Bargeld ein, denn ich wusste ja, die Maschine ist in Ordnung, ich musste nur vorher Bescheid sagen. Meine Rechnung betrug an diesem Morgen 5,60 DM. „Ich bezahle mit der Geldcard", informierte ich die Verkäuferin. „Aha, ja dann stecken Sie Ihre

Karte einmal hier herein." Ich steckte die Karte in den kleinen Apparat hinein. Die Maschine stand auf 'betriebsbereit'. Aber außer der Information 'betriebsbereit' kam keine andere Bewegung in die Maschine. Der Chef wurde nicht geholt. Die Verkäuferin kümmerte sich um mehrere Tasten auf der Geschäftskasse. Es rührte sich nichts. Hinter mir gab es schon eine kleine Menschenansammlung, was mir alles sehr peinlich war.

Und weil mir das alles so peinlich war, entschuldigte ich mich bei den Leuten und sagte:

„Ich bin an dieser Situation ganz unschuldig!" Und weil die Verkäuferin und auch ich die Faxen dick hatte, gingen wir wieder zum Bargeldverkehr über. Nur hatte ich mir ja an diesem Morgen kein Geld eingesteckt. So musste ich den Betrag anschreiben lassen. Nach meinem Namen wurde ich nicht gefragt. Entweder wussten sie ihn oder sie schrieben einfach: Geldcardfrau. Schon am frühen Nachmittag bezahlte ich meine Schulden mit der Geldcard. Und siehe da, es klappte.

Durch diese problemlose Abwicklung ermutigt, radelte ich zwei Tage später mit meiner Geldcard wieder zum Bäcker. Meine Rechnung betrug etwas über 7,- DM. Ich hatte kaum ausgesprochen: „Ich zahle mit der Geldcard!", da offenbarte mir die Bedienung: „Der Apparat ist defekt." Nun hatte ich mir aber für alle denkbaren Fälle Bargeld eingesteckt, sehr zur Erleichterung der Verkäuferin.

Nach diesen Erlebnissen beschloss ich, niemanden mehr mit meiner Geldcard zu nerven. Aber wie sollte ich das restliche

Geld loswerden? Ich schaute mir die Liste der Geschäftsleute an, die eine Geldcard annehmen. Da entdeckte ich auch die Möglichkeit, im 'Grünen Warenhaus' einzukaufen. Aber auch hier rief die Verkäuferin nach dem Chef und außer 9,89 DM bin ich nicht erleichtert worden. In einem großen Baumarkt wollte ich mir dann endlich eine vernünftige Sommerliege kaufen, nur die einzige, die sie noch hatten, gefiel mir nicht.

So beschloss ich, es noch ein einziges Mal, ein letztes Mal bei meinem Bäcker zu versuchen. Mit leichter Nervosität betrat ich den Laden. Gott sei Dank war außer mir kein Kunde anwesend. Nach meinem Einkauf fragte ich, Kummer gewohnt:

„Wäre es wohl möglich, dass ich mit der Geldcard bezahlen kann?"

„Ja, natürlich", antwortete die Verkäuferin. „Probieren wir es einfach!" Es gab auch hier leichte Schwierigkeiten bis das richtige Programm gewählt war, aber der Erfolg stellte sich ein. Doch trotz dieses Erfolges setzte ich meine Geldcard beim Bäcker nicht mehr ein.

Warum weiß ich auch nicht so genau. Aber irgendwie hatte ich das Gefühl, für diese Art des Geldverkehrs sind wir in der Provinz noch nicht reif. Oder doch?

Nachsatz:
Heute bediene ich mit meiner Geldcard jeden Parkscheinautomaten und finde es ganz herrlich, hierfür kein Kleingeld suchen zu müssen.

6. Geschichte

Tschüss, gnädige Frau!

*A*m Sonnabend gegen 11 Uhr war schon wieder jemand an meiner Tür. Er wollte, dass ich einer Organisation etwas spende. Das wollte ich aber nicht. Da wurde er ungehalten und meinte etwas spitz: „Ach, die lieben Mitmenschen sind ja sooo freundlich, besonders auf Ihrer Straße."

Nun, ob die Menschen auf meiner Straße freundlich oder unfreundlich sind, kann ich ja wohl besser beurteilen als er. Aber auf Diskussionen an der Haustür lasse ich mich schon lange nicht mehr ein. So ließ ich mich auch nicht mit dem in ein Verkaufsgespräch ein, der mir ein Abonnement der Zeitschrift „Zeit" einreden wollte. Er bekam meine Unterschrift nicht. Verärgert sagte er daraufhin: „Für diese Zeitung haben Sie sowieso kein Niveau."

Zeitungswerber, Abonnementenjäger, Mitgliedsucher, Glückwunschkartenverkäufer und Wäscheklammernanbieter haben mancherlei Tricks auf Lager, um zu ihrem Ziel zu kommen. Sie stehen ohne höflichen Abstand gleich hinter der Tür. Auf Ablehnung reagieren sie mit Vorwürfen. Entweder ist man nicht freundlich, hat kein Niveau, hat Vorurteile gegen ehemalige Strafgefangene, will Jugendlichen nicht helfen und so die Zahl der Arbeitslosen vergrößern oder man hat einfach kein Herz.

An der Reihe der Argumente ist schon zu erkennen, wie oft ich von Leuten an der Tür aufgesucht werde. Sie sind nicht mit mir verwandt, nicht mit mir bekannt, nicht mit mir befreundet. Ich freue mich nicht über ihren Besuch und doch kommen sie immer wieder, wenn auch ihre Gesichter andere sind.

Aber da gibt es noch eine andere Gruppe von Anschellern. Es ist die Gruppe derer, die ganz unten vor den Treppenstufen stehen bleiben und warten können. Sie haben Zeit. Sie wollen nichts verkaufen. Sie wollen einfach betteln. Sie verstecken ihr wahres Gesicht nicht hinter einer aufgesetzten Forschheit. Ihre Kleidung, ihre Körperhaltung, ihr Blick, manchmal auch ihr Geruch spricht eine ehrliche Sprache. Und wenn sie um Geld für die Weiterfahrt nach irgendwohin bitten, lügen sie so ungeschützt, dass es der Wahrheit ganz nahe kommt.
Und derjenige, der um Geld für Hundefutter gebeten hat, damit seine Bonnie was zu fressen hat, hat auch seinen Anteil für seine Flasche Schnaps von mir bekommen.
Ich will nicht sagen, dass ich mich über diese Art von Besuchern freue. Aber sie sind mir nicht so unangenehm, wie die Fremden, die unter dem Druck stehen, verkaufen zu müssen.

Einer aus der Gruppe, der „leicht Durchschaubaren" ist für eine geraume Zeit mein „Stammgast" gewesen, obwohl er mein Haus nicht von innen gesehen hat.
Das kam so.
Es war mitten im Sommer 1995. Es war ein heißer Sommer. Es

war so heiß, dass ich es nur im Keller aushalten konnte. Ich sah mir gerade Bilder in einem Buch mit dem Titel: „Im ewigen Eis" an, da schellte es. Ich erhob meinen müden Körper in Richtung Haustür.

Da stand unterhalb der Treppenstufen in der sengenden Sonne ein Mann. Ich dachte, der hat einen Schwächeanfall und wollte schon nach einem Glas Wasser laufen, da überraschte er mich mit der Frage: „Haben Sie für mich etwas im Garten zu tun, gnädige Frau?"

„Bei der Hitze wollen Sie im Garten arbeiten? Nein, hier gibt es nichts zu tun.", antwortete ich ihm.

Er: „Ja, wenn das so ist, wenn hier nichts zu tun ist, könnten Sie mir dann vielleicht weiterhelfen? Ich bin nicht von hier und muss noch nach Hamm. Haben Sie eine Kleinigkeit an Geld für mich, gnädige Frau?"

Ach so war das, na klar!

Ich weiß nicht warum, aber ich gab ihm 20,- DM und sagte zu ihm: „Hier, machen Sie mit dem Geld, was Sie wollen, aber kommen Sie nicht wieder, auch nicht, um im Garten zu helfen."

Er verbeugte sich: „Danke, gnädige Frau, ich komme nicht wieder. Sie haben mir sehr weitergeholfen."

Für eine gewisse Zeit ist er tatsächlich nicht mehr gekommen. Dann stand er wieder vor meiner Haustür, schellte und stand einfach da.

Ich begrüßte ihn: „Sie wollten doch nicht wiederkommen!"

Er nickte: „Ja, stimmt, aber jetzt bekomme ich eine kleine

Wohnung, mehr ein Zimmer, da dachte ich, dass Sie mir vielleicht etwas unter die Arme greifen könnten, gnädige Frau, mit einer Kleinigkeit so, irgendwie."

Ich gab ihm eine Kleinigkeit von 2,- DM . Er nahm das Geld, bedankte sich höflich mit: „Vielen Dank, gnädige Frau, Sie haben mir sehr weitergeholfen!"

Er kam danach noch öfter. Geld gab ich ihm aber keines mehr. Doch er war mit allem immer einverstanden und bedankte sich fast überschwänglich: „Danke für die Apfelsinen", „danke für die ach so schönen Plätzchen", "oh, ein Butterbrot tut gut".

Eines Tages sagte ich zu ihm. „Also wissen Sie, jetzt, wo Sie sesshaft sind und ein Dach über dem Kopf haben, brauchen Sie nicht mehr zu kommen." Da überraschte er mich wieder mit seiner Antwort : „Ach gnädige Frau, ich habe doch nur Sie."

Ja, wenn das so war, sollte es an ein wenig zu essen nicht scheitern. Er würde es schon leid werden.

Und dann sah ich ihn zum ersten Mal außerhalb meiner Umgebung. Er kaufte mit Freunden bei Aldi an der Weststraße ein. Bier, Cognac, Schnaps reichlich.

Als er dann danach wieder vor meiner Tür stand, konnte ich es mir nicht verkneifen zu sagen: „Ich habe Sie neulich bei Aldi gesehen. Da haben Sie aber groß Alkohol eingekauft."

Er: „Ja, gnädige Frau. Und haben Sie auch die kleine Flasche Cola gesehen? Die war für mich."

Aha. Dieser Mann hatte wirklich tolle Lösungsmodelle. Da staunte ich mal wieder.

„So, die war für Sie? Ja, dann ist es ja gut!"

Da wandte er sich zum Gehen, ohne um etwas gebeten zu haben und sagte: „Tschüss, gnädige Frau. Sie sind ein guter Mensch."

Und obwohl ich doch so ein guter Mensch bin, ist er nie wiedergekommen.

Aber das wollte ich doch so.

7. Geschichte

Herr Stuckmann

$\mathcal{F}$rau und Auto, das muss kein unlösliches Problem sein.

Aber manchmal ist es eins und dann ist es gut, wenn „Mann",
bzw. „Frau" jemanden zur Seite hat, der dies und das reparie-
ren, einstellen und ausbessern kann. So ein Jemand kann der
Ehemann, Sohn, Bruder oder Nachbar sein. Natürlich alles
auch weiblich besetzt.
Aber so ein Jemand kann auch ein ganz Fremder sein. Einer,
der das richtig gelernt hat und zum Beispiel eine Autowerkstatt besitzt.
An einer Autowerkstatt bin ich jahrelang achtlos vorbeigefah-
ren, ohne zu ahnen, welch ein begnadetes Talent hinter den
rostigen Fensterrahmen und zum Teil kaputten Fensterscheiben
praktiziert.
„Wegen jeder Kleinigkeit fahre ich doch nicht zum Händler",
sagte eines Tages meine Freundin Margret zu mir. „Hier, ganz
in meiner und deiner Nähe betreibt Herr Stuckmann eine
Werkstatt. Der kann alles."
Und sie hatte nicht übertrieben. Mit der Zeit entwickelte ich so
ein Vertrauen zu dem Mann „der alles kann", dass ich ihm vor
jeder größeren und großen Fahrt mein Auto zur Inspektion
überließ. Und wenn er sagte: „Frau Bloomberg" mit einer

großen Betonung auf dem o, „Frau Bloomberg, da können Sie jetzt eine Weltreise mit machen.", dann wusste ich, dass das stimmte.

Eines Tages war mein Auto zwei Tage vor einer Fahrt nach Dänemark wieder in seinen bewährten Händen. Da rief er mich an: „Frau Bloomberg, Sie können übermorgen nicht nach Dänemark fahren."

„Was, kann ich nicht?"

„Sie können nicht nach Dänemark fahren."

„Warum denn nicht, Herr Stuckmann?", rief ich verzweifelt.

„Ja, Ihr TÜV ist schon seit zwei Monaten abgelaufen."

„Nein, das gibt es doch nicht. Und jetzt, Herr Stuckmann?"

„Ja, was jetzt", ließ er mich ein wenig zappeln. Machen Sie sich mal keine Sorgen. Ich krieg das schon wieder hin. Holen Sie den Wagen aber erst am späten Nachmittag ab."

Erleichtert dankte ich ihm: „Danke, Herr Stuckmann, vielen Dank!"

Am vereinbarten Nachmittag holte ich den Wagen bei Herrn Stuckmann ab.

„Frau Bloomberg, Frau Bloomberg, muss ich mich denn um alles kümmern?", seufzte er.

„Ja, anscheinend ist es so, Herr Stuckmann", überließ ich ihm die ganze Verantwortung.

Die Rechnung hatte er noch nicht geschrieben. So holte er seinen Block und fing an, alle Posten aufzulisten. Während er die

Rechnung hinter seiner Bürotheke schrieb, nahm ich ihm ge-
genüber an seinem kleinen Tisch Platz und las in der Tages-
presse.

Nach einiger Zeit unterbrach Herr Stuckmann seine Schreib-
tätigkeit:

„Frau Bloomberg, darf ich Ihnen eine Frage stellen?"

"Ja, sicher Herr Stuckmann", ermunterte ich ihn.

„Wie kommt es, Frau Bloomberg, dass Sie so schlanke Beine
haben?"

Da war ich aber angenehm überrascht und felsenfest davon
überzeugt, wer so ein gutes Auge für mein Fahrgestell hat,
dem kann ich das Fahrgestell meines Autos bis in alle Ewigkeit
anvertrauen.

8. Geschichte

Fahrtrichtung - rechts

Am 21. Januar 1998 war ich schon sehr früh auf.

So fuhr ich bereits gegen 7.00 Uhr zum Dienst. Es war noch dunkel und der Westfalendamm, den ich befuhr, wenig belebt. Am Ende des Westfalendammes in nördlicher Richtung gebietet ein blau-weißes Schild dem Verkehrsteilnehmer, diese Fahrbahn in einer rechten Biegung zu verlassen. Nur so und nicht anders soll er oder sie auf die Weststraße gelangen. Nicht etwa links herum oder geradeaus.

Wer einmal in einer Autoschlange stand, weil irgendjemand das Rechtsgebot nicht beachten wollte, erkennt die Berechtigung, ja die Notwendigkeit dieses Verkehrsschildes.

Auch ich hatte nie Probleme damit. Aber an diesem Januarmorgen um sieben Uhr in der Frühe entschied ich mich gegen dieses Gebot.

Nicht, weil ich bockig war oder etwa verkehrschaotische Gefühle in mir trug.

Zeit hatte ich auch genug. Nein, das war es nicht.

Mein normaler, mein gesunder Menschenverstand sagte mir:
Du bist allein auf der Straße.

Du gefährdest niemanden.

Du behinderst niemanden

Du musst auf die gegenüberliegende Seite, also geradeaus.

Warum sollst du also erst rechts abbiegen und dann wieder links abbiegen, um auf diese Straße zu kommen?

Mein gesunder Menschenverstand führte meinen Fuß und meine Hand. Ich gab Gas und lenkte mein Auto geradeaus über die Weststraße in die Richard-Wagner-Straße hinein.

Da sah ich es und dann sie. Sie hatten ihr Polizeiauto gut platziert. Es stand zwischen der Finkenapotheke und Aldi. Als ich an ihnen vorbeifuhr, setzten sie sich in ihr Dienstauto und folgten mir. Da ich keine Lust auf eine Verfolgungsjagd hatte, hielt ich gottergeben in der Parkbucht vor der Praxis von Dr. Peter Ruf an. Meine Verfolger parkten hinter mir.

Sie stiegen aus und begaben sich an meine linke Autotür, die ich bereits geöffnet hielt.

Sie boten mir einen „guten Morgen", den ich erwiderte.

Ein Polizeibeamter eröffnete das Gespräch:

„Mein Name ist Hans Schmidt. Darf ich Ihnen meinen Kollegen Rainer Müller vorstellen.

Sie haben sich verkehrswidrig verhalten und das Gebotsschild nicht beachtet. Die vorgeschriebene Fahrtrichtung ist rechts."

„Ja, Sie haben recht, ich weiß", antwortete ich.

„Dürfen wir Ihre Ausweispapiere sehen?", fragte Herr Schmidt höflich.

Ich holte meinen Führerschein und die Fahrzeugpapiere pflichtgemäß heraus und war froh, dass ich sie überhaupt bei mir hatte. Herr Schmidt schaute auf die Papiere:

„Vielen Dank, Frau Blomberg. Es ist alles in Ordnung. Nun mache ich Sie darauf aufmerksam und möchte auch um Ihr Verständnis dafür bitten, dass ich hier meiner Dienstpflicht nachgehen muss. Das bedeutet, dass ich Sie um ein Verwarnungsgeld bitten muss. Es sind 20,00 DM."

„Ja, wenn es sein muss!", antwortete ich ergeben.

Herr Schmidt fragte mich dann: „Möchten Sie den Betrag überweisen?"

Ich aber entschied: „Nein, ich zahle sofort."

„Wenn Sie das wünschen, gern. Aber Sie können es auch selbstverständlich überweisen.", schlug Herr Schmidt noch einmal vor.

„Nein, nein, vielen Dank für das Angebot!"

Ich zückte meine Geldbörse und gab dem Beamten das Geld.

Herr Schmidt nahm das Geld mit folgenden Worten: „Vielen Dank, Frau Blomberg, ich bitte nochmals um Ihr Verständnis!"

„Ja, gut", antwortete ich knapp.

Die beiden Herren wandten sich nun zum Gehen. Doch bevor sie ihren Dienstwagen bestiegen, lächelten sie mich freundlich an und Herr Schmidt sagte:

„Nun wünschen wir Ihnen noch einen guten Morgen und alles Gute im Dienst."

Wenig später fuhren sie davon; auch ich setzte meine Fahrt zum Dienst fort.

Und seltsam, obwohl ich doch ein Verkehrsdelikt begangen hatte und um 20,- DM erleichtert worden war, fühlte ich mich richtig beschwingt. So höflich und freundlich, ja formvollendet hatte mich schon lange niemand mehr um sieben Uhr früh angesprochen. Fehlte nur noch der Handkuss.

Deshalb überlegte ich am anderen Morgen ernsthaft, ob ich nicht wieder an der besagten Stelle geradeaus fahren sollte.

9. Geschichte

Es geschehen manchmal überraschende, wunderbare Dinge an ganz gewöhnlichen Orten.

Es war ein trüber Tag im Februar. Hinter meiner Garage guckten mich schon seit langem 15 blaue Säcke an vollgefüllt mit Herbstlaub. Ich konnte ihren Anblick nicht mehr ertragen. Ein Blick zur Uhr sagte mir: die Kompostanlage am neuen Baum ist noch geöffnet. Heute musste alles Laub von meinem Grundstück verschwinden. 4 bis 5 Fahrten würde ich mit meinem Fiat-Uno benötigen. Also los.

Als ich in die Anlage einfuhr, hielten sich zwei Männer in der Nähe des Baucontainers auf. Der eine trug einen blauen Arbeitsanzug, der ihn als den hier Diensthabenden kennzeichnete, der andere ganz normale Straßenkleidung.

Ich fuhr ziemlich weit in die Anlage hinein, entschied mich für eine Ecke und schüttete meine ersten 4 Säcke aus. Die beiden Männer beobachteten mein Tun und riefen mir zu:

„Sie können die Säcke auch vorne ausschütten!" Dabei zeigten sie mit den Händen auf eine Stelle in ihrer Nähe.

Das merkte ich mir für die zweite Fahrt. Als ich das zweite Mal einfuhr, hatten die beiden Männer ihren Standpunkt verlassen und standen etwa 6 Meter entfernt von der Stelle, die sie mir mit großer Handbewegung zugewiesen hatten. Jetzt schüttete ich wieder 4 Säcke aus. Die Herren betrachteten nun mein Tun aus der Nähe und unterhielten sich.

Nach getaner Arbeit fuhr ich davon, um mit weiteren drei vollen Laubsäcken wieder in die Anlage einzufahren. Jetzt standen die beiden Herren genau an meiner Laubstelle.

Ich stieg aus.

Einer der beiden Herren zeigte sich gesprächsbereit. Er überraschte mich mit der Frage: „Sagen Sie, gibt es in Vorhelm schöne Mädchen?"

Ach so, man wusste also, dass ich in Vorhelm unterrichte.

Ich antwortete: „Aber sicher, in Vorhelm gibt es besonders schöne Mädchen."

„Ja, er", - der gesprächige Herr in Straßenkleidung deutete auf den Mann im blauen Arbeitsanzug, „er sucht nämlich eine Frau, sagen wir mal, eine Partnerin." Ohne den mit „er" Bezeichneten anzuschauen, fragte er nach: „Ne, Günter, stimmt doch oder?"

Günter nickte. „Vielleicht wissen Sie jemanden in Vorhelm für ihn," hakte der Gesprächige nach.

Ich sah mir den Günter etwas genauer an. Muss einmal ein schöner Mensch gewesen sein, sah jetzt eigentlich noch ganz hübsch aus. Als ich ihm in die Augen sehen wollte, senkte er sofort den Blick. Sein Nacken und seine Schultern, ja sein ganzer Oberkörper senkten sich mit. Ganz gebeugt stand er da, vollkommen ruhig, der Günter. Mir schoss die Frage durch den Kopf: Wieviel Nackenschläge lassen einen Mann so gebeugt herumstehen? Dann entdeckte ich die vielen roten Äderchen auf seinen Wangen. Günter schwieg weiter und schaute zu Boden.

Dafür unterbrach der andere Mann, der wohl ein Freund von Günter und wesentlich älter war, die Gedankenpause. Er folgte meinem Blick und sagte: „Die Haare, die würde er sich auch noch schneiden lassen. Ne, Günter?" Günter nickte ohne den Blick zu heben.

Die etwas längliche, wellige Haarpracht stand dem Günter ausgesprochen gut. Der Haarschnitt war sicher nicht das, was Günter feiner machen würde. Nun warteten wohl beide auf eine Antwort von mir. „Also", sagte ich, „so wüsste ich jetzt niemanden in Vorhelm und auch nicht in Ahlen. Er kann doch eine Heiratsanzeige aufgeben."

Große wegwerfende Bewegung von beiden. „Hat er schon, ist nichts dabei gewesen. Neee, ist nichts für ihn."

„Ja, dann soll er mal tanzen gehen!"

„War er schon, im Inselcafé. Nee,nee, da war er auch nicht richtig."

Eigentlich hatte ich gar keine Lust, das Gespräch fortzusetzen. Trotzdem gab ich noch einen letzten Tipp: „Also, ich habe gehört, dass es in Wiedenbrück einmal in der Woche Singletreffs gibt, vielleicht wäre das etwas für ihn."

„Haste gehört, Günter, schreib auf, Wiedenbrück. Ne, war doch Wiedenbrück, oder?"

„Ja, Wiedenbrück, habe ich gehört!", antwortete ich .

Nun fuhr ich schnell davon in der Meinung unsere Gespräche hätten mit Wiedenbrück ein Ende gefunden, denn mehr Tipps hatte ich nicht.

Als ich dann aber wieder in die Anlage einfuhr, entdeckte ich sofort, dass die beiden Herren immer noch an der gleichen Stelle standen, so als ob sie auf mich gewartet hätten.

Als ich den Kofferraum aufmachte, um meine vorletzte Laubfracht abzuladen, forderte der Freund Günter auf: „Günter, hilf die Dame!"

Ich wollte schon abwehren und leicht spöttisch sagen: „Machen Sie sich bloß nicht ihre Sachen schmutzig", da griff Günter schon zu und beförderte die Laubsäcke gekonnt auf den Kompost. Dieses fachliche Tun veranlasste den Freund Günters mir etwas mitzuteilen:

„Er hatte es ja nicht immer leicht, aber jetzt hat er eine feste Stelle und eine möblierte Wohnung „Im Kühl". Und wenn er dann nach Hause kommt, ist keiner da. Is` nich' schön für ihn."

Tat mir ja echt Leid für den Günter mit den welligen Haaren, aber was ging mich das an.

So wollte ich ein für allemal dem Freund und dem Partnersuchenden sagen, dass ich ihnen beiden bei ihrem Problem nicht helfen kann. Ich suchte schon nach passenden Worten, denn ich wollte den sanften Günter nicht vor den Kopf stoßen.

Da schaute mich Günters forscher Freund offen und ehrlich an und sagte: „Er nimmt auch Ältere, bis 50."

Ach so war das, „er nimmt auch Ältere bis 50".

Da begriff ich endlich.

Das war ja ein ganz großes Kompliment, denn zu dem Zeitpunkt war ich schon 56 Jahre alt.

Und da klopfte ich mir bei meiner letzten Fahrt von der Kompostanlage zurück und wieder hin doch kräftig auf die Schulter und freute mich. Und ich freute mich nicht nur darüber, dass zwei Herren mich um einiges jünger schätzten und mir ein unmissverständliches Angebot gemacht wurde, sondern am meisten freute ich mich darüber, dass es an einem solchen Ort geschah, mitten in der Gartenkompostanlage am neuen Baum. Öffnungszeiten täglich außer samstags.

Aber trotz des Vergnügens an dieser Situation ließ ich die beiden Herren nach meiner letzten Fahrt ziemlich einsam da stehen. Ob sie noch lange gestanden haben?

10. Geschichte

Wer bügelt H-Hemden nach alter Art, glatt ohne Falten?
Tel. 0 23 82 - 6 90 ... .

*K*lara S. war seit einem halben Jahr mit Ferdinand B. verheiratet.

Er war zu ihr in ihre Wohnung gezogen. Sie hatte keine Mühe, neben ihrem Beruf – sie war Fachverkäuferin in einem Antiquitätengeschäft – den kleinen Zweipersonenhaushalt zu führen. Seine Kraft gehörte seinem Beruf. Er war Bankangestellter. Äußeres Zeichen seiner Berufshingabe war korrekte Kleidung. Eigens deswegen hatte er sich jahrelang eine Bügelfrau geleistet.

Nach seiner Hochzeit mit Klara sparte er sich diese Kosten, obwohl Frau B. ihm stets Knitterfreiheit garantiert hatte. Doch er vertraute Klara und so vertraute er ihr auch seine Wäsche an. So hatte er sich Eheleben vorgestellt.

Auch Klara hatte sich Eheleben so vorgestellt. Sie freute sich, für ihn sorgen zu dürfen, war sie doch als Fachverkäuferin in ihrem Antiquitätengeschäft nicht ganz ausgelastet. Oft hatte sie nichts zu tun und dachte schon daran, die Bügelwäsche mit ins Geschäft zu nehmen. Aber ihr Chef meinte, der Geruch eines dampfenden Bügeleisens würde nicht gut zu der feinen Duftmarke polierter Antiquitäten passen.

So bügelte sie am Abend vor dem Fernseher oder am Morgen, nachdem Ferdinand das Haus verlassen hatte oder noch schnell einmal während der Mittagspause, denn Ferdinand brauchte viele Hemden. Weiß und hellblau waren sie und passten wunderbar zu seinen Anzügen, Krawatten und Socken. Ja, weiß und hellblau, das waren seine Farben.

Und sie übernahm diese Farben und ließ sie in ihrer Wohnung zu. Zuerst in der Küche. Weiß die Küchenmöbel, hellblau die Tapete und letztlich der gefliese Boden.

Weiß das tägliche Geschirr und hellblau die Sets. Sie übernahm die Farben auch im gemeinsamen Schlafzimmer. Weiß die Schlafzimmermöbel und hellblau die Bettwäsche. Weiß und hellblau die Nachtwäsche. Eheleben war schön in weißer und hellblauer Umgebung.

Und wenn sie Ferdinands Hemden bügelte und der Dampf des Bügeleisens in ihre Nase stieg, dann sog sie den Geruch tief ein, segelte auf weißen Wölkchen davon und flog in ihren hellblauen Himmel hinein.

Sie nahm sich viel Zeit beim Bügeln der Hemden. Den Kragen bügelte sie zärtlich mit der Spitze des Bügeleisens bis zu den Kragenenden hin. Sie verstand es, keine Fältchen zu hinterlassen. Der Rücken und die geraden Vorderteile waren das reinste Bügelvergnügen. Die Knopfleiste war eine Herausforderung, die Schultern eine kleine Anstrengung. Aber die Ärmel. Sie begann den Ärmel stets an der Manschette, glitt dann mit dem Bügeleisen hart über den gefalteten Ärmel, erreichte höchste Glattheit beider Seiten und hatte große Freude daran, ihr Werk mit einer scharfen Kante vom Schulteransatz bis zur Manschette hin abzuschließen. Und nun kam der nächste Ärmel an die Reihe.

Nie zuvor hatte Klara das Bügeln Freude bereitet. Aber jetzt, da ihr Mann die von ihr gebügelten Hemden auf seiner Haut trug, verspürte sie beim Bügeln körperliches Wohlbehagen.

Es hätte immer so weitergehen können. Lange zeigte sich kein dunkelblaues Wölkchen an ihrem hellblauen Himmel. Wenn Ferdinand nicht an einem Freitag zum Monatsende des Februar einen Blumenstrauß und ein längliches Paket auf den weißen Küchentisch gelegt hätte.

Klara liebte Blumen und sie roch daran und vermochte ein wenig den bald kommenden Frühling zu fühlen.

Und dann lag da noch das längliche Paket.

Es sah vollkommen und edel aus. Es war in weißes und hellblaues Geschenkpapier eingewickelt worden. Eine dunkelblaue Schleife verschnürte es. Auf dem seiden matten Aufkleber stand: FÜR KLARA.

„Für mich?", fragte Klara.

„Für dich!", antwortete Ferdinand. Und zur Erklärung:

„Für meine liebe Hemdenbüglerin!"

Zärtlich sah sie ihn an, flog in ihrer Erwartung bis in die Spitze ihres hellblauen Himmels hinein und fing an, auszupacken. Eine Freude war es, die dunkelblauen Schleifen zu entschlingen.

Eine Freude war es, das weiche weiße und hellblaue Papier zu entfalten - den Aufkleber FÜR KLARA wollte sie später in ihre Erinnerungskiste legen – und das längliche Paket zu öffnen.

Sie zitterte ein wenig, als sie die beiden länglichen Deckel des Paketes auseinanderklappte und fiel in Starre.

In dem Paket befand sich ein Ärmelbügelbrett.

Liebte er ihre Art des Hemdenbügelns nicht?

Liebte er die scharfe Kante auf seinen Hemdärmeln nicht?

Hatte er sie nie geliebt?

Erschüttert wandte sie sich ab, wankte mit weichen Knien ins Wohnzimmer, sank in den braunen Ledersessel, den sie vom Großvater geerbt hatte und wusste, dass in ihrer Wohnung kein Platz mehr war für weiße und hellblaue Hemden.

11. Geschichte

Advent heißt Ankunft

Anna Becker hatte sich ihr Leben immer so vorgestellt.

Eine große Familie, einen großen Garten, ein großes Haus und sie mittendrin, rundum beschäftigt, glücklich und zufrieden.

Und so kam es auch.

Sie bekam Gerhard, den Mann, den sie schon immer gut leiden konnte und sie bekam nach einem Jahr Ehe Luisa, ihr Wunschkind. Sie bauten sich ein großes Haus und Anna Becker hatte nun auch ihren großen Garten.

Und dann kam doch alles ganz anders.

Sie bekam nach Luisa keine Kinder mehr und nach 10 Jahren Ehe entschied Gerhard sich für eine andere Frau. Aus dieser Traum. Statt eines großen Hauses bewohnte sie nun eine große Wohnung. Statt eines Gartens pflegte und hegte sie Blumen und Pflanzen auf einem großen Balkon.

Aber sie richtete sich ein und richtete ihr Leben nach Luisa aus. Ihr sollte es an nichts fehlen.

Und an dem Tag, an dem Luisa ihr Studium aufnahm, klopfte sie sich auf die Schulter und sagte: „Gut gemacht, Anna Becker, wenigstens das hast du geschafft."

Luisa fuhr jeden Tag zum Studienort und wohnte während des gesamten Studiums noch bei der Mutter.

Doch dann kam Stefan in Luisas Leben. Und das war ja auch wunderbar und schön. Nur Stefan bekam einen Arbeitsplatz in den USA und Luisa war gleich „Feuer und Flamme" für diesen Kontinent. „So weit", dachte Anna, „viel zu weit! Doch, so ist es eben. Die Kinder ziehen hinaus und Luisa ist doch schon so lange bei mir. Das hätte ja auch schon viel eher passieren können. Jetzt gilt es Haltung zu bewahren und ihr mit keinem Wort die Freude auf die Zukunft zu trüben."

Nun waren die beiden schon seit drei Monaten in Amerika und lebten in der großen Stadt New York. Sie telefonierten, schickten kleine Päckchen und schrieben.
Anfang September kam ein besonders langer Brief.
Aber nur eine einzige Mitteilung in ihm war wichtig für Anna Becker.

Liebe Mutter, sei nicht traurig, wenn wir Weihnachten nicht nach Hause fliegen. Wir haben hier so viele nette Freunde und Bekannte. Mit einigen von ihnen wollen wir Weihnachten feiern. Wir schreiben Dir das schon so früh, damit du dich einrichten kannst und vielleicht zu Tante Lisbeth fährst oder Freundinnen einlädst. Bleib' bloß nicht allein.

Die Enttäuschung war da und die Traurigkeit kam.
Nach einigen Tagen aber meldete sich in ihr wieder die Anna Becker, die sich einrichtete. Nein, sie würde nicht zu Tante Lisbeth fahren und keine ihrer Freundinnen einladen. Sie würde

das schon allein packen. Als es dann im November schon recht kalt wurde und der Raureif auf den Balkonpflanzen glänzte, fing sie an vorzusorgen. Sie kaufte sich einige CD's, sie bestellte Bücher, die sie schon immer gerne lesen wollte und sie interessierte sich für dänische Stickereien. Sie fing an, alles von der positiven Seite zu sehen:

„Kein Weihnachtsstress kann mir etwas anhaben. Ich bin ein ganz und gar unabhängiger Mensch."

Aber dann kam Ende November ein ganz besonderer Brief aus Amerika. Er war mit Sternchen beklebt und lustigen Santa Claus Figuren. Die Farbe des Umschlages war rot und die Adresse darauf leuchtete ihr in goldenen Buchstaben entgegen. Anna freute sich über die liebevolle Aufmachung. Dann öffnete sie den Brief.

Liebe Mutter!
Hier nur eine einzige Mitteilung.
Wir kommen doch zu Weihnachten nach Hause.
Am 24. Dezember sind wir bei Dir.
Deine Luisa und Stefan.

Der Brief zitterte in ihrer Hand und dann ergriff die Freude ganz von ihr Besitz. Sie tanzte und sang durchs Zimmer.
Da ging sie in die Stadt und kaufte alles ein, was sie für einen Adventskalender brauchte.

Sie bastelte einen Adventskalender mit 23 Türchen. Jeden Tag würde sie ein Türchen aufmachen bis zum 23. Dezember. Aber die Tür am 24. Dezember, die Tür würde sie ihren Kindern selbst aufmachen.

12. Geschichte

Vorsätze zum Jahrtausendwechsel

Der Carsten, der hätte es im Sommer 1999 fast geschafft.

Das mit dem Rauchen nämlich. Besser gesagt: das mit der Abgewöhnung des Rauchens.

Im Sommer war es ja manchmal so heiß und dann noch der heiße Rauch auf der Zunge!

Da fasste Carsten zum ersten Mal den Entschluss: „Ich rauche nicht mehr!"

Und das war sein eigener Entschluss. Niemand hatte ihn beeinflusst. Nicht seine Freundin Melanie, die schon einmal vom „Kuss mit Nachgeschmack" gesprochen hatte. Und schon gar nicht seine Mutter, die, sobald er sich eine Zigarette ansteckte, mit dem Päckchen Gardinenweiß winkte. Nein, es war sein eigener Entschluss.

Und eigentlich hätte er auch daran festgehalten, wenn sein bester Freund Berni ihm nicht diese 2 Stangen Zigaretten vom Butterschiff mitgebracht hätte.

Aber jetzt zum Jahrtausendwechsel, da wollte er es in die Tat umsetzen. Endlich.

In der Sylvesternacht im Beisein seiner besten Freunde wollte er es öffentlich machen.

„Ich, Carsten", wollte er sagen, „nehme mir fest vor, ab dem Jahr 2000 nicht mehr zu rauchen." Und das war wieder sein eigener Entschluss. Und die Halsschmerzen, die er seit einigen Tagen verspürte, hatten keinen Einfluss auf seinen Vorsatz. Nein, er wollte es sowieso.

Dann am letzten Tag des Jahres 1999 war der Augenblick gekommen. Seine Freunde und er standen mit einem Glas Sekt in der Hand im Kreis zusammen und jeder musste seinen Vorsatz nennen.

Melanie fing an: „Ich nehme mir vor, im Jahr 2000 regelmäßig schwimmen zu gehen."
Steffi machte weiter: „Ich werde meine Englischkenntnisse bei der VHS auffrischen und verbessern."
Dann kam Steffen dran: „Ich nehme mir vor, im neuen Jahr mehr Wasser als Bier zu trinken."
Und Berni gelobte: „Ich werde so weit wie möglich, auf öffentliche Verkehrsmittel umsteigen."

Ja, und jetzt war Carsten an der Reihe. Da wollte er gerade seinen Vorsatz aussprechen.
Aber seltsamerweise hatten sich seine Halsschmerzen auf die Stimmbänder gelegt und er bekam keinen Ton heraus. Er war stockheiser. Ja und flüstern wollte er einen so großen Vorsatz nicht. Da sagte er lieber gar nichts.

13. Geschichte

Ja, mein Vater ist Jäger!

*M*eine Klasse hatte die Stühle zum Sitzkreis geordnet und wartete auf mich.

Ich war an meinem Tisch mit einigen Materialien beschäftigt, die ich in den Kreis hineinlegen wollte. Der Klasse wandte ich den Rücken zu. Plötzlich spürte ich, dass mich jemand von hinten mit seinem Finger anstieß. Ganz behutsam, ein paarmal. Ich reagierte und drehte mich um. Hinter mir stand Robert. Er schaute mich ganz ernst an und sagte:
„Ich finde es nicht gut, dass die mit Fingern auf Menschen zeigen und Piff, Paff, Puff rufen."
Ich antwortete ihm: „Das finde ich auch nicht gut, Robert. Aber sag' es ihnen doch selbst."
Robert nickte und wir beide gingen in den Stuhlkreis zu den anderen und setzten uns auf unsere Plätze. Meine Materialien ließ ich zurück.
Ich schaute die Kinder an und sagte: „Der Robert hat ein Problem. Er möchte das mit euch besprechen."
Alle schauten von mir weg zu Robert.
Robert: „Also, ich möchte euch mal was sagen. Ich finde es nicht gut, dass ihr Piff, Paff, Puff ruft und so mit Fingern auf Menschen zeigt, so wie schießen."

Julian wandte sofort ein: „Ist doch nicht in echt."

Robert: „Das weiß ich, aber ich finde es nicht gut."

In der Klasse entstand ein kurzes Schweigen. Einige Kinder schauten Robert an, einige mich.

Da platzte es aus Maximilian heraus: „Das musst du uns gerade sagen, wo dein Vater Jäger ist und auf Tiere schießt."

Robert entgegnete ganz ruhig: „Ja, mein Vater ist Jäger und er schießt auf Tiere, aber nicht auf Menschen."

Maximilian stemmte die Arme in die Seiten und entgegnete ganz laut und bewegt:

„Ja, meinst du denn, Tiere haben kein Herz? Sind alles Lebewesen. Lebewesen sind das und Blumen und Sträucher und Bäume auch."

Tim pflichtete ihm bei: „Fische auch."

Wieder entstand ein Schweigen.

Das Schweigen und die gegensätzliche Meinung konnten die in der Klasse nicht ertragen, die die Harmonie lieben und so bot Patrick sich als Vermittler an:

„Also ich meine so, auf böse Tiere darf man schießen, auf liebe Tiere nicht."

„Ja, woher willst du denn wissen, welche Tiere lieb und welche Tiere böse sind?", fragte Maximilian ihn eindringlich.

Hendrik half Patrick aus: „In Afrika gibt es ganz böse Löwen."

„Aber ich habe im Fernsehen einen ganz lieben Löwen gesehen.", gab Kevin zu bedenken.

Nun wollten sich auch andere Fernseherfahrene in das Gespräch einschalten und berichteten von dressierten Enten, schlauen Delphinen und von treuen Hunden. Einige Kinder aber brachten das Gespräch auf den Punkt zurück. Es ging ja um das Erschießen von Tieren. Durfte man das?

Ein Junge näherte sich dem Problem wieder so:

„Mein Opa hat 'mal einen Igel überfahren, aber nicht extra."

Ein Mädchen: „Meine Mama sagt, Kaninchen im Garten sind schlimm. Papa und Opa sollen sie wegmachen."

Kevin: „Mein Opa hat im Wohnzimmer einen ausgestopften Hamster, der war aber vorher schon tot."

Maximilian und Robert hörten sich alles an.

Sie vergaßen aber ihre gegensätzlich Position nicht. Schauten sich ernst in die Augen.

Der eine geduldig, bereit, seinen Jägervater zu verteidigen, der andere ungeduldig, bereit, die ganze Natur zu beschützen.

(Hier sei in Klammern hinzugefügt, dass Maximilian, der Naturschützer, erst kürzlich wegen der heimlichen Rettung von 30 Regenwürmern Prügel von engagierten Anglern bezogen hatte.)

Nun ergriff Robert wieder das Wort:

„Mein Vater sagt, wenn er keine Tiere mehr im Wald erschießt, dann ist der Wald bald leer. Also keine Tiere mehr drin, kein einziges Tier."

Diese Argumentation ließ die Klasse in vollkommener Verständnislosigkeit erstarren.

Einige sperrten den Mund auf, andere fragten: „Wie, wie denn?"

Robert aber gab keine weitere Erklärung ab, sondern führte ein weiteres Beispiel an, das seinen Vater als verantwortungsbewussten Jäger darstellen sollte: „Mein Vater schießt nicht auf alle Tiere. Füchse darf er immer."

„Welche schießt er denn nicht?", wollte Pia genau wissen.

Robert: „Wenn eine Mutter, also eine Ricke, Junge hat, dann schießt er nicht auf die Kitze."

„Nicht auf die Kitze, aber auf die Mutter?" ließ sich Maximilian hören. „Heißt das, dass er auf die Mutter schießen darf?"

Robert antwortete nach kurzem Zögern: „Dürfte er."

„Und wenn er daneben trifft?", fragte Maximilian empört.

Robert schwieg. Dann schwiegen alle. In das Schweigen hinein ließ sich Robert noch einmal vernehmen: „Mein Vater trifft. Er würde keine Mutter schießen."

Alle Kinder spürten, dass das Gespräch hier zu Ende war. Es war alles ausgesprochen. Die unterschiedlichen Positionen waren klar. Aber sie warteten noch auf etwas.

Und ich hörte deutlich ihre unausgesprochene Frage: „Warum sagst du nichts dazu?" So antwortete ich etwas hilflos: „Also, so wie ihr euch jetzt unterhalten habt, so unterhalten sich Erwachsene auch. Die Jäger fühlen sich als die Beschützer der Natur. Sie jagen, weil es sonst zu viele Tiere gibt. Sie jagen, weil kranke Tiere sich nicht quälen sollen und sie jagen, weil die Tiere im Wald und Feld viel zerbeißen.

Die Tierschützer meinen, das sollten sie nicht tun. Sie sollen nur in die Natur eingreifen, wenn es den Tieren nicht schadet. Es gibt auch bei den Erwachsenen wie bei euch keine Einigung darüber, wer Recht hat."

Der Schlussgong setzte einen Punkt hinter meine Erklärungen, die natürlich, das wusste ich, keinen wirklichen Punkt hatten.

Und so muss ich noch ein Nachwort unter diese Geschichte setzen.
Zu Beginn und zum Ende einer Woche haben wir uns im Klassenverband angewöhnt, frei zu beten. Das heißt, jeder kann beten, bitten und danken, wie er es meint.
Am Morgen nach unserem Gespräch war das so.
Einige baten um Gesundheit für den kranken Opa, andere um Frieden auf dem Schulhof und andere wieder um gutes Wetter zum Wochenende. Dann drang folgendes an mein Ohr:
Pia betete: „Lieber Gott, mach, dass keine Tiere totgeschossen werden, auch keine Tiger."
Robert antwortete im Gebet: „Lieber Gott, mach, dass Papa alle Füchse kriegt."
Als alle schwiegen, ergriff ich das Wort und schloss mit einem kräftigen Amen.